인지능력 향상! 치매예방활동지

뇌 톡톡

구다희·김효정·정주희·홍민희 지음

엘맨

머리말

오늘날 세계가 의료기술의 발달과 수명연장으로 인하여 고령화 사회로 진입하면서 노인인구의 증가와 함께 치매인구가 급증하고 있습니다. 우리나라도 고령화로 인하여 치매노인 인구가 급증하고 있습니다.

노인인구의 증가는 자연스럽게 치매인구를 증가시키고 있습니다. 치매는 노인들이 가장 두려워하는 질병으로 한번 걸리면 점점 기억력이 떨어지고, 언어능력이 상실하고, 신체기능이 어려워져서 결국은 사망하는 무서운 질병입니다.

문제는 나이가 들어갈수록 치매에 걸릴 확률은 배로 증가하기 때문에 누구나 피해가기 어려운 질병입니다. 치매에 걸리면 주변 사람들도 못 알게 보게 되고 일상생활이 어려워져서 가족의 경제적 육체적인 지원이 필요합니다.

치매가 두려움의 대상인 이유는 인지 기능을 침범함으로써 인간으로써 존엄성을 위협하고, 환자는 물론 가족에게도 큰 고통을 초래하기 때문입니다.

치매는 한 가지가 아니라 여러 가지 원인으로 발병된 최종적인 결과나 상태를 말합니다. 치매는 지금까지 어떤 의학적 치료로도 치매가 완치될 수 없기 때문에 예방이 가장 중요합니다.

치매는 뇌가 손상을 입어서 인지기능이 떨어지는 현상이기 때문에, 치매예방을 위해서는 인지기능을 유지 개선시킬 수 있는 인지훈련이 가장 효과적이라고 할 수 있습니다.

이 책은 뇌에 각종 인지적인 자극을 통하여 치매를 예방하기 위해서 만들어진 활동지입니다. 이 활동지를 통해 치매 없이 행복한 세상을 살기를 기원합니다.

지은이 일동

목 차

3월	9주차

3월	10주차

3월 **11주차**

3월 **12주차**

활동지 사용방법

❶ 본 활동지는 1일 2시간을 기준으로 4일 동안 활동한다고 가정할 때 3달 분량입니다.

❷ 활동지 한 개 당 활동 시간은 20분으로 하며, 1시간에 2개 활동을 합니다.

❸ 활동지는 개인의 상황이나 속도에 따라 활동합니다.

❹ 일주일에 인지영역의 모든 부분을 골고루 풀 수 있도록 되어 있습니다.

❺ 활동지를 푸는 방법을 충분히 설명해 주어야 합니다.

❻ 문제 푸는 방법을 잘 모르면 옆에서 천천히 도와주어야 합니다.

❼ 활동 시 마감시간을 알려주어 시간을 조절할 수 있도록 해야 합니다.

❽ 일기쓰기는 양식에 맞춰 매일 일기를 쓰도록 지도합니다.

❾ 활동지를 해결한 후에는 자신이 답한 것이나 소감을 발표하도록 합니다.

❿ 활동을 마치면 다음 학습을 예고합니다.

치매예방을 위한 인지영역

구 분	내 용
지남력	사람, 장소, 시간을 파악하는 개인의 지각능력
기억력	일상에서 얻어지는 인상을 머릿속에 저장하였다가 다시 떠올리는 능력
집중력	어떤 일을 할 때 상관없는 주변 소음이나 자극에 방해받지 않고 몰두하는 능력
지각력	외부의 자극을 정확하게 인지하는 능력
판단력	사물을 올바르게 인식·평가하는 사고의 능력
시공간력	사물의 크기, 공간적 성격을 인지하는 능력
수리력	물건 또는 값의 크기를 비교하거나 주어진 수의 연산의 법칙에 따라 처리하여 수치를 구하는 능력
언어력	자신의 생각이나 감정을 표현하고, 다른 사람의 말을 이해하여 의사를 소통하기 위한 소리나 문자 따위를 사용하는 능력

1월 1주차

실천할 일

❶ 모든 것을 즐거운 마음 갖고 보면 행복해집니다.

❷ 식사를 꾸준히 해야 건강해집니다.

❸ 자녀에게 전화해서 못했던 대화를 하면 행복해집니다.

❹ 어떤 일에도 화를 내지 않겠다는 생각을 하면 즐거워집니다.

❺ 하루에 30분을 매일 걸으면 건강해집니다.

1 나는 누구인가요?

❶ 나의 이름을 적어보세요?

❷ 나는 언제 태어났나요?

❸ 나의 나이는 몇 살인가요?

❹ 나의 전화번호는 어떻게 되나요?

❺ 내가 좋아 하는 것은 무엇인가요?

❻ 내가 하고 싶은 것은 무엇인가요?

2 무엇일까요?

❋ 무엇인지 이름을 적고, 기억해 두었다가 책을 덮고 무엇이 있었는지 기억해 보세요.

3 골라보세요

❋ 잎이 4장짜리 클로버는 몇 개인가요?

❋ 잎이 3장짜리 클로버는 몇 개인가요?

4 무슨 색인가요?

✿ 무슨 색인지 연결해 보세요.

검정색

노랑색

연두색

파랑색

5 무엇을 하는가요?   1월 1주차 3교시 1 판단력

❶ 무엇을 하는가요?

❷ 언제 하는 건가요?

❸ 누가 하나요?

❹ 어디서 하나요?

6 그려보세요

🍩 왼쪽 도형을 보고 똑 같이 따라 그려보세요.

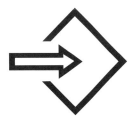

7 **계산해보세요**

다음을 계산해보세요.

$\bullet\bullet + \bullet$ =

$\bullet\bullet\bullet\bullet + \bullet\bullet$ =

$\bullet + \bullet\bullet\bullet\bullet\bullet$ =

$\bullet\bullet\bullet\bullet + \bullet\bullet\bullet$ =

$\bullet\bullet\bullet\bullet\bullet + \bullet\bullet\bullet$ =

$\bullet\bullet\bullet\bullet + \bullet\bullet\bullet\bullet$ =

$\bullet\bullet\bullet + \bullet\bullet\bullet\bullet$ =

$\bullet\bullet\bullet\bullet + \bullet\bullet\bullet\bullet\bullet$ =

$\bullet\bullet\bullet\bullet\bullet + $ =

| 8 | 써보세요 | 1월 1주차 4교시 2 언어력 |

 자음과 모음을 모아 글자를 만들어 써보세요.

모음 자음	ㅏ	ㅓ	ㅗ	ㅜ
ㄱ				
ㄴ				
ㄷ				
ㄹ				
ㅁ				

일기

	년　월　일　요일　날씨 :
중요한 일	
만난 사람	
식사	
운동	

일기

	년 월 일 요일 날씨 :
중요한 일	
만난 사람	
식사	
운동	

1월 2주차

실천할 일

❶ 힘들 때는 즐거운 추억을 떠 올리면 기분이 좋아집니다.

❷ 다른 사람과 비교하지 말고 자신의 생활에 만족하면 기쁩니다.

❸ 주변 분들과 친해지면 행복해집니다.

❹ 자식에게 가진 기대감을 버리면 행복해집니다.

❺ 검은 참깨는 아미노산이 많아서 몸에 좋습니다.

1 친구는 누군가요?

❶ 친구의 이름을 적어보세요?

❷ 친구는 어디사나요?

❸ 친구의 나이는 몇 살인가요?

❹ 친구의 전화번호는 어떻게 되나요?

❺ 친구가 좋아 하는 것은 무엇인가요?

❻ 어떤 친구가 좋은가요?

2 무엇일까요?

1월 2주차 1교시 2 기억력

✿ 무엇인지 이름을 적고, 기억해 두었다가 책을 덮고 무엇이 있었는지 기억해 보세요.

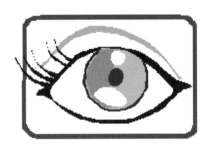

3 찾아보세요

❀ '기'자는 몇 개가 있나요?

❀ '나'자는 몇 개가 있나요?

단기기억은경험한것을수초동안만기억되는즉각적인기억을말한다즉기억의보유시간이짧은기능을단기기억이라한다단기기억은비교적불안정하며두부에외상을입거나전기충격등으로의식이상실되거나치매에걸리면단기기억이쉽게소실된다단기기억상실은주로치매초기에나타나는특징이며최근에일어난사건에대한단기기억의상실이장기기억의상실에비해두드러지게나타난다단기기억에문제가생기면금방들은전화번호나사람의이름이기억나지않으며대화중에중요하게기억해야할것을금방잊어버리게되고자신이지금바로해야되는일등이기억나지않게된다단기기억은경험한것을수초동안만기억되는즉각적인기억을말한다즉기억의보유시간이짧은기능을단기기억이라한다단기기억은비교적불안정하쉽게소실된

| 4 | 연결해보세요 | 1월 2주차 2교시 2 지각력 |

✽ 무엇인지 연결해 보세요.

　　•　　　　　•　도라지꽃

　　•　　　　　•　코스모스

　　•　　　　　•　민들레꽃

　　•　　　　　•　해바라기꽃

5 무엇을 하는가요?

❶ 무엇을 하는가요?

❷ 언제 하는 건가요?

❸ 언제 해 보았나요?

❹ 어떻게 하면 좋을까요?

6 그려보세요   1월 2주차 3교시 2 시공간력

💿 왼쪽 도형을 보고 똑 같이 따라 그려보세요.

7 계산해보세요

🌺 다음을 계산해보세요.

🍊🍊 – 🍊 =

🍊🍊🍊 – 🍊🍊 =

🍊🍊🍊🍊🍊🍊 – 🍊🍊🍊 =

🍊🍊🍊🍊🍊🍊🍊 – 🍊🍊🍊🍊 =

🍊🍊🍊🍊🍊🍊 – 🍊🍊🍊🍊🍊 =

🍊🍊🍊🍊🍊🍊🍊🍊🍊
– 🍊🍊🍊🍊🍊 =

🍊🍊🍊🍊🍊🍊🍊🍊🍊🍊
– 🍊🍊🍊🍊🍊🍊 =

🍊🍊🍊🍊🍊🍊🍊🍊🍊🍊🍊
– =

8 써보세요　　1월 1주차 4교시 2 언어력

 자음과 모음을 모아 글자를 만들어 써보세요.

모음 자음	ㅔ	ㅛ	ㅡ	ㅣ
ㅂ	베			
ㅅ				
ㅇ				
ㅈ				
ㅊ				

일기

년 월 일 요일 날씨 :	
중요한 일	
만난 사람	
식사	
운동	

일기

년　월　일　요일　날씨 :	
중요한 일	
만난 사람	
식사	
운동	

1월 3주차

실천할 일

❶ 돈에 집착하지 않으면 행복해집니다.

❷ 조그만 즐거움에도 크게 기뻐하면 행복해집니다.

❸ 남을 미워하지 않으면 행복해집니다.

❹ 음식을 짜게 먹으면 건강이 나빠집니다.

❺ 자주 혈압을 측정해서 건강을 확인해야 합니다.

1 나는 어디 사나요?

❶ 나는 어느 시·도에 사나요?

❷ 나는 어느 시·군에 사나요?

❸ 나는 어느 동·면에 사나요?

❹ 여기서 얼마나 걸리나요?

❺ 우리 집에 방은 몇 개인가요?

2 무엇일까요?

✽ 무엇인지 이름을 적고, 기억해 두었다가 책을 덮고 무엇이 있었는지 기억해 보세요.

3 찾아보세요

❁ 위 그림과 아래 그림의 다른 점을 찾아보세요.

4 연결해보세요   1월 3주차 2교시 2 지각력

✿ 같은 것은 무엇인지 연결해 보세요.

5 무엇을 하는가요?

❶ 직업이 무엇인가요?

❷ 무엇을 하는 건가요?

❸ 무엇을 가르치고 있나요?

❹ 내가 학생이라면 어떻게 했을까요?

6 그려보세요?

왼쪽 도형을 보고 똑 같이 따라 그려보세요.

7 계산해보세요

 다음을 계산해보세요.

🍎×1   =

🍎🍎🍎×1   =

🍎🍎×2   =

🍎🍎×3   =

🍎🍎🍎×3   =

🍎🍎×4   =

🍎🍎🍎×4   =

🍎🍎×5   =

🍎🍎🍎×5   =

8 연결해보세요

 •

• 자동차

 •

• 농구공

 •

• 현미경

 •

• 자동차

일기

	년 월 일 요일 날씨 :
중요한 일	
만난 사람	
식사	
운동	

일기

	년 월 일 요일 날씨 :
중요한 일	
만난 사람	
식사	
운동	

1월 4주차

실천할 일

❶ 하루에 하나씩 즐거운 일을 하면 행복해집니다.

❷ 사람들과 대화를 많이 하면 행복해집니다.

❸ 매일 책을 읽으면 즐거워집니다.

❹ 쌀밥보다는 현미를 많이 먹어야 건강해집니다.

❺ 술을 많이 마시면 건강이 나빠집니다.

1 | 자녀는 누구인가요?　　1월 4주차 1교시 1 지남력

❶ 자녀의 이름을 적어보세요?

❷ 자녀의 나이는 몇 살인가요?

❸ 자녀의 전화번호는 어떻게 되나요?

❹ 자녀가 좋아하는 음식은 무엇인가요?

❺ 자녀의 직업은 무엇인가요?

❻ 자녀가 가장 좋아하는 것은 무엇인가요?

2 무엇일까요?

✽ 무엇인지 이름을 적고, 기억해 두었다가 책을 덮고 무엇이 있었는지 기억해 보세요.

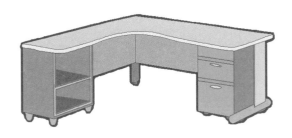

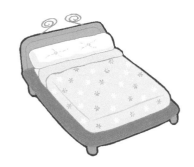

3 **골라보세요**

❀ 가장 큰 수부터 순서대로 손가락으로 찾아보세요.

100	84	93	48	65
42	57	56	79	22
12	38	34	50	35
34	47	56	69	83
71	90	63	41	75

| 4 | 연결해보세요 | 1월 4주차 2교시 2 지각력 |

✿ 성격이 같은 것끼리 연결해 보세요.

5 무엇을 하는가요?

❶ 뭐하는 건가요?

❷ 왜 그럴까요?

❸ 무엇을 위해서 하나요?

❹ 언제 어디서 해 보았나요?

6 **그려보세요?**　　　　　　　1월 4주차 3교시 2 시공간력

🔹 왼쪽 도형을 보고 똑 같이 따라 그려보세요.

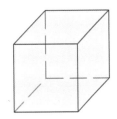

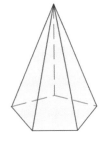

7 **계산해 보세요?**

🌺 다음을 계산해보세요.

🍊🍊🍊 ÷ 1   =

🍊🍊🍊🍊 ÷ 2   =

🍊🍊🍊🍊🍊🍊 ÷ 2   =

🍊🍊🍊🍊🍊🍊🍊🍊 ÷ 2   =

🍊🍊🍊🍊🍊🍊 ÷ 3   =

🍊🍊🍊🍊🍊🍊🍊🍊🍊 ÷ 3   =

🍊🍊🍊🍊 ÷ 4   =

🍊🍊🍊🍊🍊🍊🍊🍊 ÷ 4   =

| 8 | 써보세요 | 1월 4주차 4교시 2 언어력 |

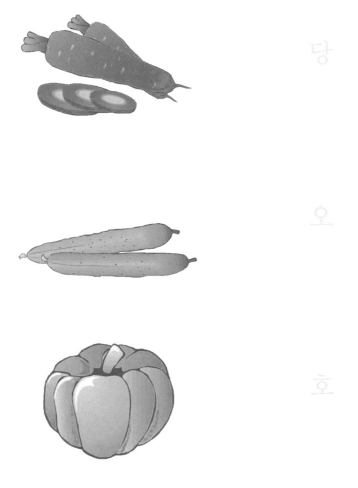

당

오

호

배

일기

	년　월　일　요일 날씨 :
중요한 일	
만난 사람	
식사	
운동	

일기

	년 월 일 요일 날씨 :
중요한 일	
만난 사람	
식사	
운동	

2월 1주차

실천할 일

❶ 과거에 집착하지 않고 미래를 계획하면 행복해집니다.

❷ 새로운 정보를 자꾸 접하면 행복해집니다.

❸ 난청이나 시력 장애가 있으면 고치려고 노력해야 합니다.

❹ 손 움직임을 많이 하면 건강해 집니다.

❺ 하루에 한 번씩 좋은 일을 하면 행복해집니다.

1 몇 시인가요?

아침은 언제 먹는지 시간을
표시해 보세요.

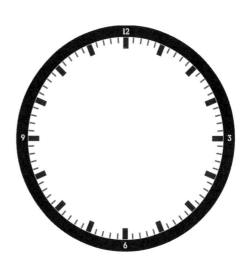

점심은 언제 먹는지 시간을
표시해 보세요.

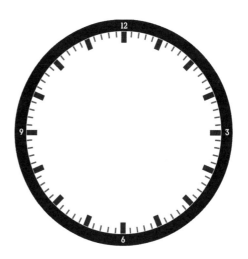

저녁은 언제 먹는지 시간을
표시해 보세요.

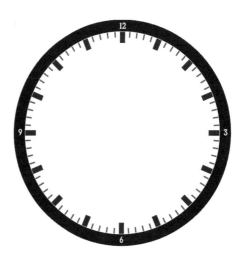

2 무엇일까요?

❋ 무엇인지 이름을 적고, 기억해 두었다가 책을 덮고 무엇이 있었는지 기억해 보세요.

3 골라보세요

✿ 위 그림과 아래 그림의 다른 점을 찾아보세요.

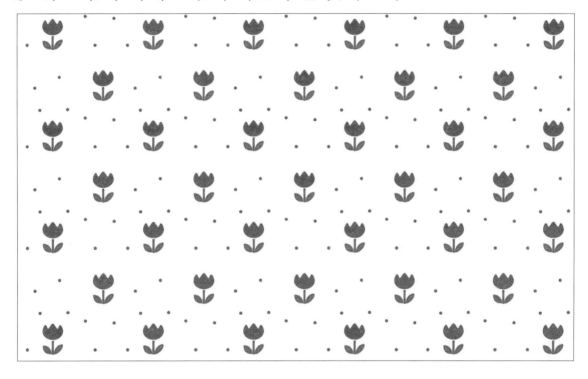

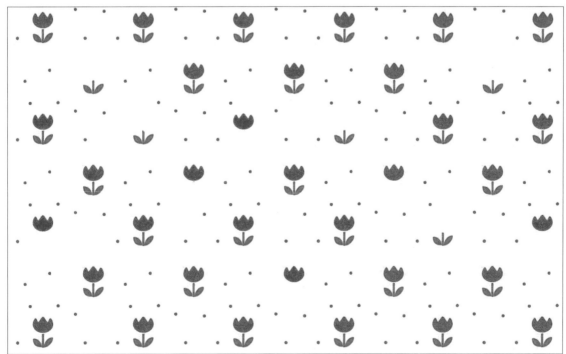

4 **무슨 색인가요?**

✿ 무슨 색인지 연결해 보세요.

	하늘색
	녹색
	빨강색
	갈색

5 무엇을 하는가요?

❶ 무엇을 하는가요?

❷ 언제 하는 건가요?

❸ 누가 하나요?

❹ 어디서 하나요?

6 그려보세요

다음에 나올 도형은 무엇인지 그려보세요.

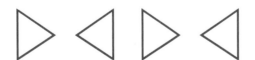

7 **계산해보세요**

 다음을 계산해보세요.

위의 화폐를 전부 합치면 얼마입니까? (원)

| 8 | 써보세요 | 2월 5주차 4교시 2 언어력 |

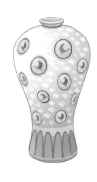

청

버

개

수

일기

	년 월 일 요일 날씨 :
중요한 일	
만난 사람	
식사	
운동	

일기

년 월 일 요일 날씨 :	
중요한 일	
만난 사람	
식사	
운동	

2월 2주차

실천할 일

❶ 오늘이 며칠인지를 꼭 확인하면 치매예방에 도움이 됩니다.

❷ 매일 일기를 쓰면 치매예방에 도움이 됩니다.

❸ 매일 가벼운 운동을 꼭 해야 건강해집니다.

❹ 매일 스마트 폰 기능을 한 가지씩 배우면 도움이 됩니다.

❺ 매일 할 수 있는 취미생활을 만들면 행복해집니다.

1 지금은 언제인가요? 2월 6주차 1교시 1 지남력

❶ 오늘은 몇 년도 입니까?

❷ 내년은 몇 년도 입니까?

❸ 오늘은 며칠인가요?

❹ 내일은 며칠인가요?

❺ 어제는 며칠인가요?

2 무엇일까요? 2월 6주차 1교시 2 기억력

❋ 무엇인지 이름을 적고, 기억해 두었다가 책을 덮고 무엇이 있었는지 기억해 보세요.

3 찾아보세요   2월 6주차 2교시 1 집중력

❁ '다'자는 몇 개가 있나요?

❁ '이'자는 몇 개가 있나요?

스트레스를받으면뇌에서스트레스호르몬인코르티솔이
상승하게된다코르티솔의지속적인상승은노화와관련이
골다공증혈관이치매를유발한다특히강한감정적스트레스
는신체적으로흥분상태를지속시키기때문에건강에도좋지
않지만이코르티솔수준을급격하게상승시키기때문에스트
레스를받지말아야하며스트레스를받으면이로풀어야한다
스트레스를풀기위해서는다음과같은생활지침을실천해야
한다다른사람들과비교하지말고자신이생활에만족한다다
른사람들과친하게지내기위해공동체의식을갖는다돈이나
자식의성공에지나치게집착하지않는다모든일에대해서긍
정적인사고를갖도록한다조그만즐거움에도웃음과기쁨을
잃지않도록한다미움적개심분노사노심초사강아지도웃는다

4 연결해보세요

✷ 무엇인지 연결해보세요.

 •   • 권투

 •   • 축구

 •   • 야구

 •   • 농구

5 **무엇인가요?**

❶ 무엇인가요?

❷ 언제 먹는 건가요?

❸ 언제 먹어 보았나요?

❹ 어떻게 만들면 맛있을까요?

6 연결해보세요   2월 6주차 3교시 2 시공간력

다음에 나올 도형을 연결해 보세요.

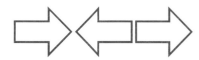   ·   ·   

   ·   ·

   ·   ·   

   ·   ·

   ·   ·   

7 | **계산해보세요** | 2월 6주차 4교시 1 수리력

 몇 개나 살 수 있을까요?

![50000원 지폐 보기]	
계란 한판 5천원	판
수박 1통 1만원	통
소고기 1근 2만 5천원	근
양파 1개 2천원	개
쌀 10kg 5만원	kg

8 써보세요

보기와 같이 글을 풀어 써보세요.

일기

	년 월 일 요일 날씨 :
중요한 일	
만난 사람	
식사	
운동	

일기

	년 월 일 요일 날씨 :
중요한 일	
만난 사람	
식사	
운동	

2월 3주차

실천할 일

❶ 항상 웃는 표정을 지으면 행복해집니다.

❷ 혼자 보내는 시간을 줄이면 행복해집니다.

❸ 머리 쓰는 일을 많이 해야 건강해집니다.

❹ 머리에 충격이 가지 않도록 해야 합니다.

❺ 자주 몸을 청결하게 해야 건강해 집니다.

1 어떤 계절인가요?

❶ 지금은 어떤 계절인가요?

❷ 이런 계절에는 무엇을 하나요?

❸ 이전에는 어떤 계절이었나요?

❹ 다음에는 어떤 계절이 오나요?

❺ 오늘 날씨는 어떤가요?

❻ 어떤 계절이 가장 좋나요?

2 무엇일까요?

✿ 무엇인지 이름을 적고, 기억해 두었다가 책을 덮고 무엇이 있었는지 기억해 보세요.

3 연결해보세요

❀ 같은 성격끼리 연결해보세요.

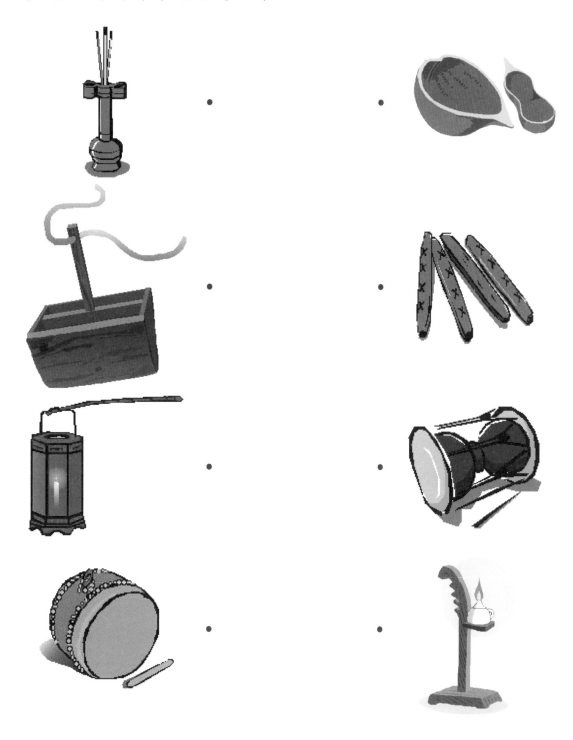

4 연결해보세요

❋ 같은 것은 무엇인지 연결해 보세요.

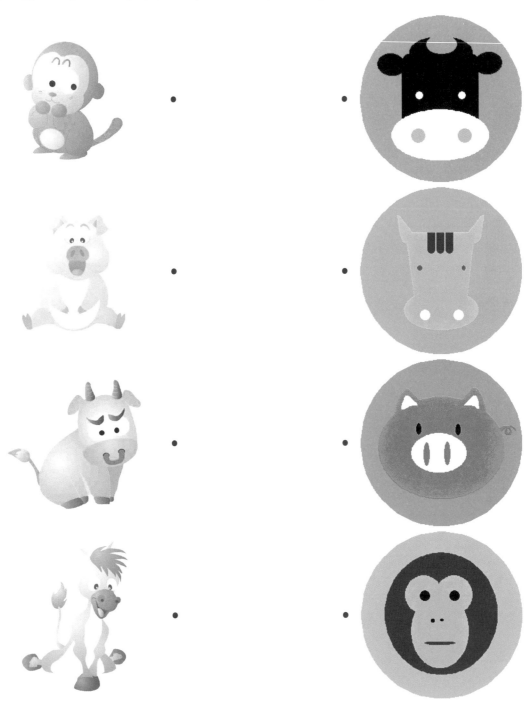

5 무엇을 하는가요?

❶ 무엇을 하는가요?

❷ 어떤 상태인가요?

❸ 왜 그럴까요?

❹ 안 그러려면 어떻게 해야 하나요?

6 그려보세요

다음에 나올 도형을 그려보세요.

7 | 계산해보세요?

 다음을 사려면 몇 장이 필요한가요.

보 기 AA 0000000 A 한국은행 천원 1000 한국은행 총재 1000 AA 0000000 A	
국수 1,000원짜리 3봉	장
옥수수 500원짜리 6개	장
사과 500원짜리 4개	장
배 1,500원짜리 2개	장
배추 1,500원짜리 4통	장

8 써보세요

 다음 빈 칸에 알맞은 낱말을 넣어 문장을 완성해보세요.

일기

	년 월 일 요일 날씨 :
중요한 일	
만난 사람	
식사	
운동	

일기

	년 월 일 요일 날씨 :
중요한 일	
만난 사람	
식사	
운동	

2월 4주차

실천할 일

❶ 하루에 하나씩 새로운 일을 하면 행복해집니다.

❷ 다른 사람들의 말을 많이 들어주면 행복해집니다.

❸ 한 달에 한번은 영화를 보면 머리가 건강해집니다.

❹ 음식은 골고루 먹어야 건강에 좋습니다.

❺ 식이섬유가 많은 야채류를 먹으면 건강에 좋습니다.

1 생일은 언제인가요?

🌺 자신의 생일이 있는 달 달력을 만들어 보세요.
그리고 생일을 표시해보세요.

일	월	화	수	목	금	토

2 **무엇일까요?**

❀ 무엇인지 이름을 적고, 기억해 두었다가 책을 덮고 무 엇이 있었는지 기억해 보세요.

3 **이어 가보세요** 2월 8주차 2교시 1 집중력

❀ 끝말을 이어 가보세요

수도	도사	사장	장사	사랑
우물				
아기				
행복				
장수				

4 연결해보세요

❋ 같은 것끼리 연결해 보세요.

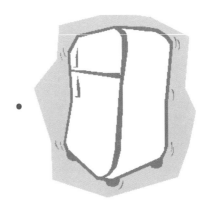

5 무엇을 하는가요?

❶ 뭐하는 건가요?

❷ 왜 그럴까요?

❸ 무엇을 위해서 하나요?

❹ 언제 어디서 해보았나요?

6 연결해보세요   2월 8주차 3교시 2 시공간력

위에서 본 도형을 찾아 연결해보세요.

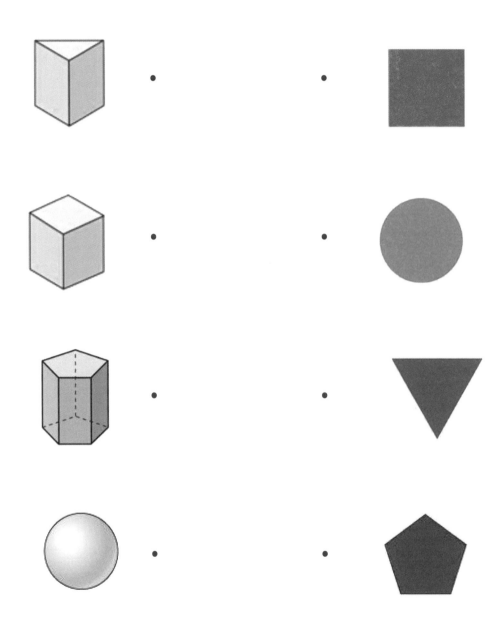

| 7 | 계산해보세요 | 2월 8주차 4교시 1 수리력 |

 다음을 계산해보세요.

라면 1봉 천원	봉
양파 1자루 2천원	자루
과자 1봉 5천원	봉
딸기 1박스 만원	박스
귤 5개 2천원	개

8 써보세요

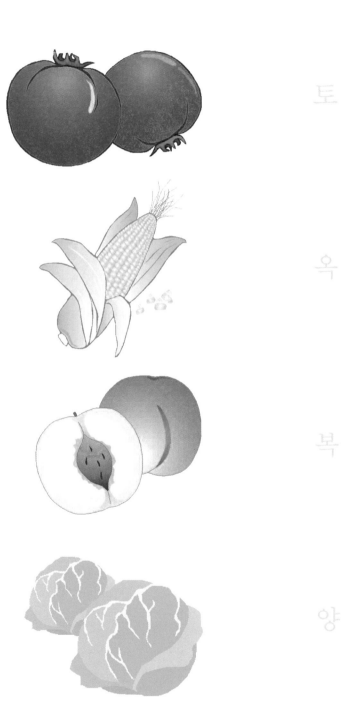

토

옥

복

양

일기

	년 월 일 요일 날씨 :
중요한 일	
만난 사람	
식사	
운동	

일기

	년 월 일 요일 날씨 :
중요한 일	
만난 사람	
식사	
운동	

3월 1주차

실천할 일

❶ 모든 것을 즐거운 마음 갖고 보면 행복해집니다.

❷ 식사를 꾸준히 해야 건강해집니다.

❸ 자녀에게 전화해서 못했던 대화를 하면 행복해집니다.

❹ 어떤 일에도 화를 내지 않겠다는 생각을 하면 즐거워집니다.

❺ 하루에 30분을 매일 걸으면 건강해집니다.

1 추석은 언제인가요? 3월 1주차 1교시 1 지남력

🌺 추석이 있는 달의 달력을 만들어 보세요.
그리고 추석 연휴를 표시해보세요.

일	월	화	수	목	금	토

2 | 무엇일까요?

✿ 무엇인지 이름을 적고, 기억해 두었다가 책을 덮고 무엇이 있었는지 기억해 보세요.

3 골라보세요

✿ 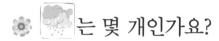 는 몇 개인가요?

✿ 는 몇 개인가요?

✿ 는 몇 개인가요?

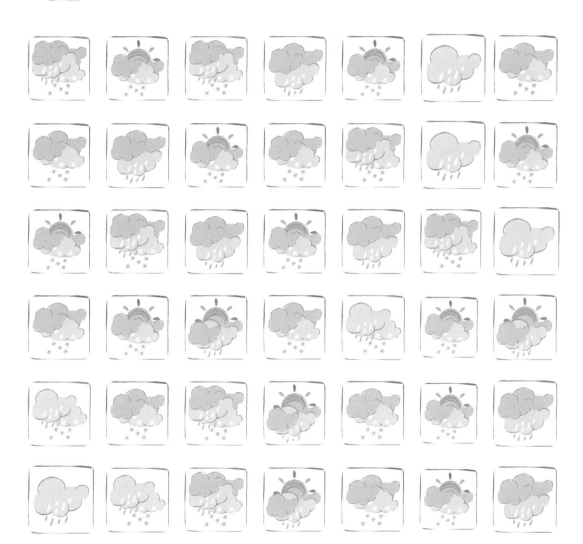

4 **무슨 색인가요?** | 3월 1주차 2교시 2 지각력

❀ 큰 순서대로 순위를 연결해보세요.

 ·   · **5**

 ·   · **1**

 ·   · **2**

 ·   · **4**

 ·   · **3**

5 | 같은 것을 고르세요

✽ 성격이 같은 것끼리 연결해보세요.

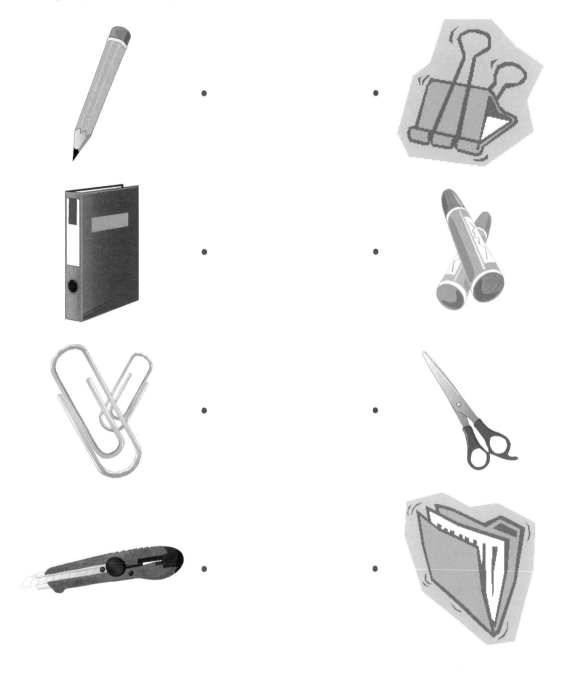

6 따라 그려보세요

왼쪽 도형을 보고 똑 같이 따라 그려보세요.

7 **계산해보세요**

 다음 동전을 보고 얼마짜리인지 적어보세요.

위의 동전을 전부 합치면 얼마입니까? (원)

| 8 | 써보세요 | 3월 1주차 4교시 2 언어력 |

🌺 오른쪽의 사진을 보고 이름을 써보세요.

비

시

소

경

일기

	년 월 일 요일 날씨 :
중요한 일	
만난 사람	
식사	
운동	

일기

	년 월 일 요일 날씨 :
중요한 일	
만난 사람	
식사	
운동	

3월 2주차

실천할 일

❶ 힘들 때는 즐거운 추억을 떠 올리면 기분이 좋아집니다.

❷ 다른 사람과 비교하지 말고 자신의 생활에 만족하면 기쁩니다.

❸ 주변 분들과 친해지면 행복해집니다.

❹ 자식에게 가진 기대감을 버리면 행복해집니다.

❺ 검은 참깨는 아미노산이 많아서 몸에 좋습니다.

1 어디서 왔나요?

❶ 여기 오기 전에 어디에서 왔나요?

❷ 여기서 어디로 갑니까?

❸ 오늘은 어디를 갑니까?

❹ 시장은 얼마나 걸리나요?

❺ 가장 많이 가는 곳은 어디입니까?

❻ 어디를 가고 싶은가요?

2 분류해보세요

✿ 왼쪽에 있는 그림들은 무엇인가 연결해보세요.

       •   • 손

       •   • 공

    •   • 물고기

   •   • 과일

   •   • 야채

3 찾아보세요

❀ 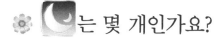는 몇 개인가요?

❀ ☀는 몇 개인가요?

❀ ❁는 몇 개인가요?

4 | **골라보세요**   3월 2주차 2교시 2 지각력

✳ 왼쪽 그림과 같은 것을 고르세요.

5 어떻게 할 건가요?

왼쪽 도형을 보고 어떻게 해야 하는지 적어보세요.

6 연결해보세요   3월 2주차 3교시 2 시공간력

같은 것은 무엇인가요?

7 계산해보세요

🌺 다음을 사려면 동전이 몇 개가 필요한가요?

사탕 500원	개
껌 800원	개
국수 3,000원	개
버스비 1,200원	개
커피 2,600원	개

8 써보세요 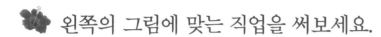 3월 1주차 4교시 2 언어력

🌺 왼쪽의 그림에 맞는 직업을 써보세요.

야

축

군

일기

	년 월 일 요일 날씨 :
중요한 일	
만난 사람	
식사	
운동	

일기

	년 월 일 요일 날씨 :
중요한 일	
만난 사람	
식사	
운동	

3월 3주차

실천할 일

❶ 돈에 집착하지 않으면 행복해집니다.

❷ 조그만 즐거움에도 크게 기뻐하면 행복해집니다.

❸ 남을 미워하지 않으면 행복해집니다.

❹ 음식을 짜게 먹으면 건강이 나빠집니다.

❺ 자주 혈압을 측정해서 건강을 확인해야 합니다.

1 | 나의 집은?

❶ 집은 아파트인가요? 단독주택인가요?

❷ 집은 몇 층에 있습니까?

❸ 집에서 안방은 현관문에서 보면 어느 쪽에 있나요?

❹ 집에서 주방은 현관문에서 보면 어느 쪽에 있나요?

❺ 집에서 화장실은 현관문에서 보면 어느 쪽에 있나요?

❻ 어떤 집에서 살고 싶은가요?

2 이야기해 보세요

✿ 그림을 보고 알고 있는 옛날이야기를 해보세요.

장화홍련전

흥부와 놀부

사이좋은 형제

3 찾아보세요

❀ 다음 표 안에는 1부터 49까지 홀수 숫자가 있습니다. 1분간 1부터 49의 숫자를 순서대로 찾아보세요.

5	21	35	7	37
19	1	33	27	49
31	17	15	23	39
41	9	45	3	43
11	47	13	25	29

4 연결해보세요　　　3월 3주차 2교시 2 지각력

❀ 성격이 같은 것끼리 연결해 보세요.

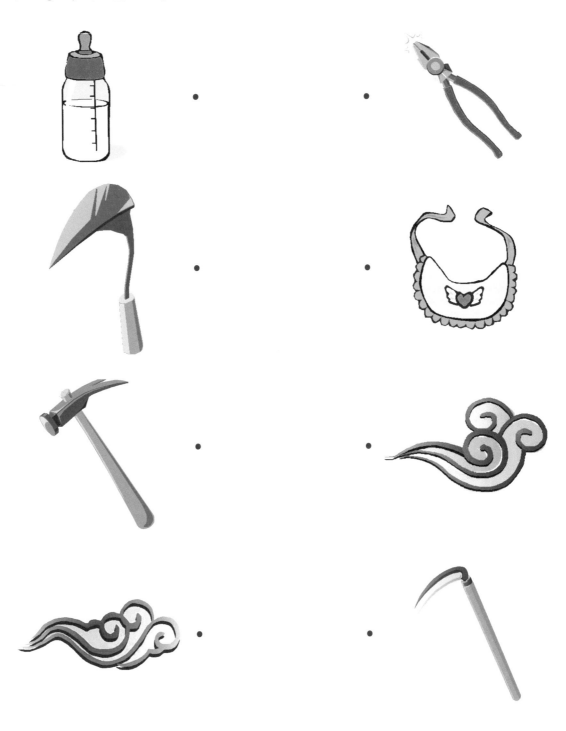

5 무엇을 하는가요? 　　3월 2주차 3교시 1 판단력

❶ 무엇을 하는 건가요?

❷ 어디로 가고 있는가요?

❸ 왜 이럴까요?

❹ 약속에 늦으면 어찌되는가요?

6 따라 그려보세요?

왼쪽 도형을 보고 똑 같이 따라 그려보세요.

7 계산해보세요?

 다음 동전 몇 개가 필요한지 적어보세요.

국수 1,000원짜리 2봉	개
옥수수 500원짜리 1개	개
사과 500원짜리 3개	개
배 1,500원짜리 2개	개
배추 1,500원짜리 1통	개

8 이름을 써보세요

강

청

무

다

일기

	년 월 일 요일 날씨 :
중요한 일	
만난 사람	
식사	
운동	

일기

	년 월 일 요일 날씨 :
중요한 일	
만난 사람	
식사	
운동	

3월 4주차

실천할 일

❶ 하루에 하나씩 즐거운 일을 하면 행복해집니다.

❷ 사람들과 대화를 많이 하면 행복해집니다.

❸ 매일 책을 읽으면 즐거워집니다.

❹ 쌀밥보다는 현미를 많이 먹어야 건강해집니다.

❺ 술을 많이 마시면 건강이 나빠집니다.

1 **무슨 요일인가요?** 3월 4주차 1교시 1 지남력

❶ 오늘은 무슨 요일인가요?

❷ 내일은 무슨 요일인가요?

❸ 어제는 무슨 요일인가요?

❹ 이번 달은 몇 월인가요?

❺ 다음 달은 몇 월인가요?

❻ 전번 달은 몇 월인가요?

2 **이야기해 보세요**   3월 4주차 1교시 2 기억력

✿ 그림을 보고 알고 있는 옛날이야기를 해보세요.

임금님 귀는 당나귀 귀

선녀와 나무꾼

심청전

3 골라보세요　　3월 4주차 2교시 1 집중력

❀ ⇨는 몇 개인가요?

❀ ⇦는 몇 개인가요?

❀ ⇧는 몇 개인가요?

⇦	⇧	⇨	⇧	⇨
⇧	⇦	⇨	⇩	⇩
⇧	⇧	⇦	⇩	⇧
⇨	⇨	⇧	⇦	⇨
⇧	⇨	⇩	⇩	⇦

4 연결해보세요

3월 4주차 2교시 2 지각력

✿ 성격이 같은 것끼리 연결해 보세요.

5 무엇을 하는가요?　　3월 4주차 3교시 1 판단력

❶ 뭐하는 건가요?

❷ 왜 하는 걸까요?

❸ 언제 해보셨나요?

❹ 어디서 해보셨나요?

6 골라보세요

👁 왼쪽 도형을 보고 똑 같을 골라보세요.

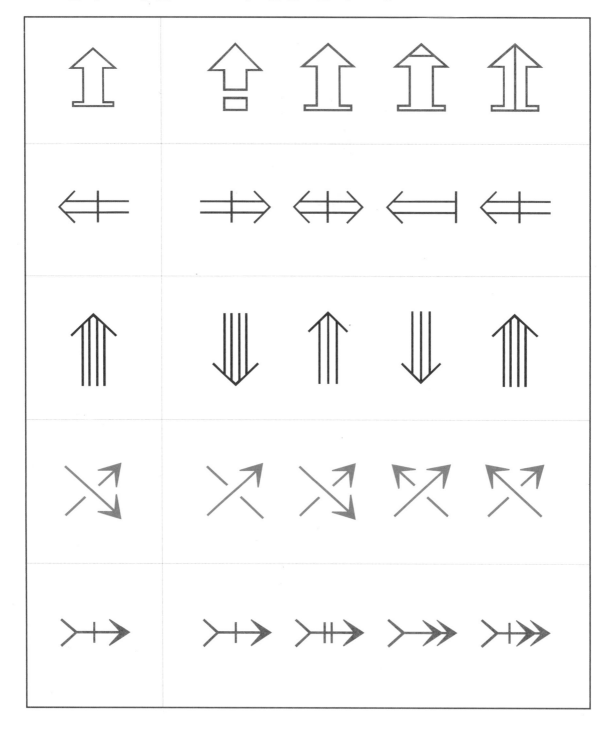

7 계산해보세요   3월 4주차 4교시 1 수리력

 다음을 계산해보세요.

짜장면 5,000원＋택시비 2,000원　＝　　　원

기차비 4,000원＋버스비 1,200원　＝　　　원

라면 3,000원＋계란 4,000원　＝　　　원

배추 4,000원＋오징어 4,500원　＝　　　원

커피 5,000원＋맥주 5,000원　＝　　　원

배추 4,000원＋오징어 4,500원　＝　　　원

마늘 5,500원＋돼지고기 9,000원　＝　　　원

영화 11,000원＋점심 8,500원　＝　　　원

8 이름을 써보세요

3월 4주차 4교시 2 언어력

등

운

슬

축

일기

	년 월 일 요일 날씨 :
중요한 일	
만난 사람	
식사	
운동	

일기

	년 월 일 요일 날씨 :
중요한 일	
만난 사람	
식사	
운동	

인지능력향상! 치매예방 활동지
뇌 톡톡

초판1쇄 – 2018년 7월 20일
*
지은이 – 구다희·김효정·정주희·홍민희
펴낸이 – 채 주 희
펴낸곳 – 엘맨
*
서울시 마포구 신수동 448-6
출판등록 – 제10-1562호(1985.10.29)
*
Tel. / 02-323-4060
Fax / 02-323-6416
email / elman1985@hanmail.net
홈페이지/www.elman.kr
잘못된 책은 바꾸어 드립니다.
무단복제를 금합니다.
*
ISBN 978-89-5515-634-8   13810

값 15,000 원

구다희

저자는 장안대학교 식품영양학과를 수석졸업하고 경기대학원에서 대체의학(식품치료)을 전공 하였으며, 국제요리대회 식품의약품안전처 심사위원, 수원여자대학교평생교육원에서 외래교수로 활동 중이다. 다인연구소 소장으로서 건강한 삶의 유지를 위해 치매예방, 생애주기별 영양, 푸드테라피, 의사소통, 자존감, 동기부여 등 교육 및 체험 프로그램을 개발하고 있으며, 초·중·고·대학·관공서등 기관에서 강의하고 있다.

김효정

저자는 기업체, 관공서, 지방자치단체, 초·중·고·대학을 대상으로 자존감, 자기이해, 커뮤니케이션, 진로·취업지도, 정서·인지발달에 관한 컨설팅과 강의를 하고 있다. 평생교육·인적자원개발 석사과정을 마치고, 누구나 쉽게 접할 수 있는 교육 제공을 목표로 퍼스트교육연구소를 운영하며, 자존감지도사협회 협회장, 한국커리어코치협회 협회장, 경성대학교 평생교육원 외래교수로서 교육 프로그램 개발과 치매예방지도사 및 자존감지도사 양성을 위해 노력하고 있다.

정주희

저자는 경기대학교 대학원에서 외식조리관리학 석사를 졸업하고, 동 대학원에서 외식경영학 박사학위를 하였다. 현재 수원여자대학교 식품조리과 겸임교수로 재직하며, 20년간의 조리와 외식산업의 경험을 바탕으로 식약동원(食藥同源)이 되는 치유 식생활 및 치매예방 식단을 개발하고 있으며, 외식문화와 관련된 프로그램을 개발하고 있으며, 메뉴컨설팅을 하고 있다. K-교육문화협회 협회장으로서 치유 식생활 및 치매예방, 아동요리, 쿠킹테라피, 진로상담, 인성, 자존감 코칭에 관하여 컨설팅 및 강의를 하고 있다.

홍민희

저자는 수원대학교 대학원을 졸업하고, 안양대학교일반대학원에서 박사과정에 있다. 사회복지사 자격증, 평생교육사 자격증 외에 20여개의 자격을 취득하고 사회복지 및 평생교육 분야에서 프로그램 개발과 강의를 하였다. 20년 동안 어린이집을 운영하였으며 현재는 더행복교육연구소 소장으로서 미술치료, 인지치료, 치매예방, 부모교육, 인성, 감정코칭, 자존감코칭 프로그램을 개발하고 있으며, 전국의 대학과 지방자치단체, 평생교육, 복지기관 등에서 강의하고 있다.